三民叢刊 185

白萩詩選

白萩 著

三民書局印行

新版序

白萩

《白萩詩選》收錄了本人從一九五三至一九六八年間的作品，是最早的三本詩集《蛾之死》、《風的薔薇》及《天空象徵》的合集；至於《現代詩散論》，則集結了十八篇我對現代詩的基本觀念和重要主張。這兩本書分別於一九七一和一九七二年曾經出版。許多朋友和研究者，時常問起我從前的創作，由於先前作品多散見於詩刊雜誌，因此有些已難以復見。

時隔三十多年後，回顧自己早期的作品，由於年齡的增長、環境的改變，對事物的感受都已不同，當初的創作已成為我生命中思想與感情的記錄，唯有對現代詩的繪畫性、音樂性和錘鍊語言的堅持與追求至今依然不變。感謝三民書局將這兩本書重排出版，讓讀者得以一窺臺灣近五十年來現代詩風格的轉變。希望它們能給各位喜歡現代詩的朋友一些啟發和參考。

白萩詩選

目次

·風的薔薇·（一九五八——一九六四）

·天空象徵·（一九六四——一九六八）

·蛾之死·

（一九五三——一九五八）

羅盤

握一個宇宙，握一顆星，在這寂寞的海上
我們的船破浪前進，前進！像脫弓的流矢
穿過海鷗悲啼的死神的梟嚎
穿過晨霧籠罩的茫茫的遠方
前進啊，兄弟們，握一個宇宙，握一顆星
我們是海上新處女地的開拓者

前進啊，兄弟們，有誰在驚懼？
看我的針尖定定地指向天邊那顆閃爍的北極星
看我堅毅地向空間伸開擁抱的雙臂
看我如銅像的英雄揮劍叱咤海上的風雲
看我出鞘的凜凜的軍刀，飲著月輝深沉地宣示：
我們是海上新處女地的開拓者

風暴的魔手自前面的海中伸起
黑夜的殞石自頂上壓下
喝醉的怒濤在舷邊暴笑
前進啊，兄弟們，別戰慄地祈禱

全能的上帝在我，把緊邁往的舵輪
前進啊，我們是海上新處女地的開拓者

像一隻螞蟻在大湖裡游划的自卑？
像一片落葉任流水飄流的懦弱？
前進啊，兄弟們，收世界於你的眼懷
用毅力，向自然宣戰
前進啊，我們是詩與音樂的國度底計劃的藍圖
我們是海上新處女地的開拓者

握一個宇宙，握一顆星，在這寂寞的海上

我們的船破浪前進，前進！像俯衝的蒼鷹
穿過海鷗悲啼的死神的梟嚎
穿過晨霧籠罩的茫茫的遠方
我們是哥崙布第二，握一個宇宙，握一顆星
前進啊，兄弟們，我們是海上新處女地的開拓者

金魚

火的理想，被軟困於現實的冰冷的水
不能躍出這世俗殘酷的陷阱
可憐的被玩賞的金魚啊

吸不自由的空氣
缸的圓極窒息了直往的路向
為何不長對翅膀呢？可憐的魚啊

飛蛾

我來了，一個光耀的靈魂
飛馳於這世界之上
播散我孵育的新奇的詩的卵子
但世界是一盞高燃的油燈
雖光明，卻是無情
啊啊，我竟在惡毒的燃燒中死去……

歷史

迴轉於時間的軸心
馱萬物循環著「生」「死」之門
那造物者留下來的定律
鐘擺不停地向窗外的世界宣佈
於是窗外有花在嘆息，枯萎

於是腐朽的骨物又在春風裡復活
於是現實的痛苦伴落日沉淪
於是愛情伴著新月散步於森林間……

囚鷹

啊，落日，永不停歇的馳騁之輪
是道程突然崩斷？是意志突然脫軌？
我目望你在淒然響起的晚鐘的悲歌中
向嘩笑的黑潮，熄滅了生命之燈！
啊，晚星，造物者悲憫的眼淚
是給予弱者的慰藉？是給予強者的諷笑？

當被放逐的拿破崙，向四面的大海唱起昔日之歌的時候
你是否也曾在那乾枯的眼眶裡，流下一點溫潤？

啊，冉冉升起的扇狀之雲啊，你來自
來自萬峰千指的捕捉之下
啊，浩浩的浪濤，像狂奔的馬群，你來自
來自黃沙吸滅的涓滴之上
啊，狂笑的風暴，像喝醉的浪人，你來自
來自谷間野花偶然的招搖
而我，來自遼藍的長空，去向遼闊的自由
卻為禁錮的鏈索，留下頹然的沉默？

任黃鶯在枝間嘲弄地歌唱？
任流雲自在地向天邊消逝？
當秋天的蘆花也向遠方傳播生命
而我卻像櫺上的瓶花悄然枯萎？
啊！當造物把峻拔的絕崖伸向無限的太空時
卻也曾為我留下樊籠的安逸？

瀑布

像傲立高崖上的英雄
闊視著群山豪笑
不屈於命運的峻岩與莽荊
卻在歷史的陡坡悲壯地殞落

曾以握有閃電的雄心

想力劈封閉的未來
曾以橫跨宇寰的腿力
想邁過斷落的世紀

在時間的審判前
唱一曲：殞星悲壯的行程
揮著一把清冷的寶劍
插入冥冥的深谷
向三千年後的宿願宣誓！

遠方

大沙漠如海夢寐了
我似帆影孤立
啊，怎麼連馬都瘦了
清脆的駝鈴搖落滿天黃昏
夕陽把我的影子拖得長長的

如古堡陷落，肩著滿身晚暉
我駐腳向遠方的七星喘息……

月下的宇宙似一面大圓盤
孤另另地我立其軸心，似
頂天的大石柱，沒有感情，沒有智慧
於是我振臂向地平線呼喚：
「遠方啊，明日」
「生命啊，花朵」

構成

臨泊於海港
一隻舟
棲息於花蕊
一隻蜂
靜停於秋空
一朵雲

不可思議的時間的黑林中
傳來嬰孩的啼泣
與老者的喟嘆……

唉，舟子忽赴遠洋
蜜蜂匆歸蜂房
雲朵飄逝穹蒼

而港依舊無波

噴泉・金魚

在哭泣的噴泉下
是那一個少女遺失的紅薔薇？
在破碎了的心的池面
噴泉的髮絲飄散著
噴泉的淚滴傾瀉著
噴泉的手揮打著

噴泉的失戀歌唱著
在破碎了的心的池面
紅薔薇飄零著
紅薔薇被淚雨摧打著

唉，把戀人贈予的紅薔薇
用憤怒的手摧打著的
噴泉是一位失戀的少女
金魚是戀人的紅薔薇

傘下

給洛利之一

風雨大了。洛利，別怕，在一個傘下，我們永遠連繫。像一朵花，掩遮
著兩枚嫩葉。
緊緊擁抱著吧，生命的根枝呵，用信念的葉蒂。

別怕，洛利，風雨大了，摧打著我們的花朵，推搖著我們的根枝。緊緊擁抱著吧。在遼廣的原野上，我們都是孤獨的旅客。

我們望不見一盞燈火。

夜色濃了。

我們望不見一顆星光。

倘若花朵破碎了。

還有根枝。倘若根枝倒了。

還有我們永遠的連繫。

緊緊擁抱著吧，洛利，即使埋葬我們的是爛泥。

緊緊擁抱著吧，洛利，妳愛看斷纜的扁舟麼？妳愛看散失的帆影麼？
緊緊擁抱著吧，風雨大了，洛利，即使埋葬我們的是爛泥。

妳仍然為我微笑

給洛利之二

妳仍然為我微笑，縱然妳已離去
我看見了俯首的水仙點開了柔波……
我獨自沉思，在濃霧的樹蔭
而那盪起的水光，從朦朧的後面
照出了我的身影

我不再孤單，縱然我需要爬過那高山
隨著黃昏棲落在夕陽的碑旁
而時間給我等待，我看你離去
即使不再記憶，不在禱告中流下淚滴
我已在妳最後的一笑中留下烙印

不是偶然，妳仍然為我微笑
當俯首的水仙點開了柔波……

燈與影

給洛利之三

在距離上徘徊。太冷了
請向誘惑的火焰撲去吧，蛾呵
把那黑色的影子拋得遠遠的
然後做一個英雄吧。

倘若她是一朵開放的花
遠離了蓓蕾，向果實的季節矚望
那麼勇敢地向前走去吧。

不要讓燈在夜中燒盡
不要讓矚望的後面永藏著影子
你需要飛去，伴著她狂舞
從蛇般昇起的餤舌間來回
燃燒的殘酷，在捐軀的愛前。

燈

給洛利之四

寒夜已太久，燈呵，細雨已將前方藏去
我孤獨地走來，在這黎明前的山巔
而妳凝視，從那正疲倦的
夜的睫毛後面，展露夢樣的光明

請為我駐留片刻，不屬於時間的管轄
不屬於花蕾，在陽光的邊緣渴求春雨
讓夜的牢門為妳的存在分開
一扇向薄明的天空逃逸，一扇落下

而留給我的是一份旅人的寂寞，在這裡
一線光輝從我腳下的路照起
直到妳那遠遠棲止的末端
為我照耀，為我燃燒，為一個欣賞者
妳就等待擁抱，當飛蛾向光焰中覓求安息……

我開始無端地哭泣

給洛利之五

我開始無端地哭泣
當那朵初開的金雀，偶然躲進了陰影
我開始無端地哭泣。
因為，我已失掉自己。
我不再感到這陽光，這氛圍，這相望的距離

我已打開那道門，向妳的世界走去
黃昏，也許我走入妳那蕭索的林園
晨曦，也許我擷摘妳那剛醒的花朵
而當風暴或夜晚，我望不見自己的影子。
隨著迢迢的路，我逐漸走進妳的深處
就像這朵金雀，一粒細胞，隨著妳生長
吸水，製澱與望著希望的藍天
而我恐懼，因為我已失掉了自己
當那朵初開的金雀，被風吹進了陰影
我開始無端地哭泣。

讓我永遠望著妳

給洛利之六

讓我永遠望著妳，當我們相聚
時光不會太長，黃昏就要轉過去
為著愛，請莫畏懼，時間
就要使相會的花朵凋零

請展開蠱惑的光輝，將我收容
因我就要離去，像漸淡的晚霞
自妳的眼瞳裡逐漸消隱
那時，千百次的呼喚
禱告或淚點，都已太晚

讓我永遠望著妳，當我們相聚
我將熟悉那光輝，那夢
在匆促的一生，留下記憶
即使安息，夜色在墳上伸延
我亦會在眾多的星顆間，找出那兩點……

黃昏是如此地空曠

給洛利之七

黃昏是如此地空曠，一滴眼淚
在憔悴的花上，向我絮絮低語：
親愛的，請記取，千山萬水
我尋妳，如今，心願已了，我想休息

請莫消頹，仰起秀顏，讓我
將妳滿面的風塵輕輕地拭淨
倘此，夜就來臨，妳孤單地
在狂風裡瑟瑟，我亦不離妳
因為，請記取，浩浩星海
我們都是容易迷失的一粟

瞻望，黃昏是如此地空曠
一個個身影，逐漸走入時間的暗夜
倘若我們不就此互相陪伴
生命該是多麼地孤悽？

峰頂

給洛利之八

請相信，黎明將在這裡昇起
洛利，我們就相對微笑，在峰頂
夜色已將黑袍逐漸褪下
妳傍著曙光，是一朵入夢的堇花

「何需有神祇的庇護，何需有企望
當所有的春風吹過，所有的陽光照過
就隨著凡人，堂堂的老去，堂堂的
像消隱的星辰，熄滅光輝……」

傍著曙光，妳是一朵入夢的堇花
在峰頂。何需理會那偶然的陰影
把頭扭過，又背我偷偷地哭泣？

唉，又是多雨的春天

給洛利之九

唉，又是多雨的春天，風裡花落
給我一杯酒，這是易逝的黃昏

我將澆愁，今天又被溜走
溜走呵，留下我在屋裡聽著鐘擺

也許明天是晴朗，好赴妳的約
可是，可是幸福的綠樹呵

無端地又被風雨的口器食盡了一葉
唉，又是多雨的春天，糢糊的窗外
是盛開的櫻樹，可是風裡花落
給我一杯吧，易逝的黃昏，喝酒！

種子

給洛利之十

選擇在這裡生長，在我的心裡
妳一顆埋藏的種子，呵，時間已給妳生機
妳伸開盤據的根，深入又深入
妳伸開蔭覆的葉，拓廣又拓廣
妳將編織一個夢，一個結局

在這塊荒土之上，在我的心裡
深入又深入，妳鑿開頑石
伸著千根，深入又深入，在底層
在我心的深處，妳吸取源泉
拓廣又拓廣，妳伸著千臂
攬取我整個領域，整個陽光

我感覺那痛楚，深入又深入的痛楚
我感覺那舒適，蔭覆的舒適
然而，愛呵，我喜悅這生長的一切
妳使我感覺存在，有著夢和期望的存在

夕暮

所有的光輝逐漸收斂。夕暮
在那高擁的嵐雲後，垂落眼簾
你觀望，在無形的急逝中
投入這一片蒼茫的莫名的時刻

往昔的一切，現在與未來

讓它靜止，就如停息在你面頰上的一片夕陽
你感到所追求的是那麼廣大無際
而現在讓你輕易地將它觸及

於是你不再尋求這天地間對你有何關聯
活過，愛過，一切生長都把眼簾垂落
讓光輝散入無語的河中流入蒼冥……。

沉重的敲音

誰在敲著門
無端地為我敲著門？
此刻，安息的落花，叩著大地……
誰在敲著門

無端地為我敲著門？
此刻，辛勤的木工，裝釘著棺木……
誰在敲著門
無端地為我敲著門？
此刻，爐火滅去，十二點鐘正催鳴……

春

母親，遠行的弟弟回家了。
打開窗子吧。就讓紅蜻蜓
在綠蔭裡守望著吧。並且
使含羞草凝神的捕捉他的足音吧。
不要傷他的心，妳就給他開放的花

好使他的夢成熟。給他一點酒，
酒在玫瑰色的頰上
使他懂得以後的春天。

並且，放我去談愛吧。
寫一封長長的限時信，在園裡
然後對著一朵花占卜。

母親，遠行的弟弟回家了。
讓我背起鎗吧。
到遠地去參加二月的獵人集吧！

蘆　葦

雨落著，雨哭著，在蘆葦的花穗上，呼喚著，流淚著
那裡，在思鄉的心上，母親呵，像妳的溫柔

遠遠望過去的霧中，那該是未知的招呼的手
風摧殘著，風扼殺著，在蘆葦的花穗上
母親的牽線斷了，那裡，一朵絮花飄遠了

遠遠望過去的霧中，那該是未知的招呼的手
噢，今日正如昔日一樣地，也曾有鐘聲底呼喚
而扁舟卻遠了

風吹著，蘆葦的花穗落著
雨哭著，蘆葦的花穗呼喚著
啊，母親
啊，流浪
啊，逝去的日子呵

落葉

葉子開始老了。它們
愛聽祖父蹣跚的足音，從深處走來
喜歡他的撫摩，他哀憐的凝視
它們爭喧，在祖父面前飄繞

然而祖父突然撇開雙手

他知道，就如這些枯樹，他知道
葉子落下去，夕暉落下去
從他的身際。他喃喃：
消逝了，消逝了

無限地落下去，無限地，無限地。啊，祇剩孤零零地
一點，就如自己是自己的淚滴落入茫茫的空間。

眸

一對黑蝴蝶
　那樣地飄忽
就像互捉迷藏地，在我的面前。翩翩
　　我企望
這屬於生命的空白上

二點黑色的誘惑
或夢的投影
或死亡和愛的混合
我企望，妳的棲止。
啊，撥開昔日和今日，以及明日又明日的時光的千重幃幕
我企望。

夕暮之門

神父的祝福低了，我醒來
在人們開始遺忘中，我醒來
摸著門邊的鎖把
走出去
像來時一樣
穿過那冰冷的日子

我曾哭泣的走過黎明
在這道門邊悄然停下
他們把門開了，我走進去
然後落鎖
然後抹去我的眼淚
然後教給我鸚鵡的笑聲

而當所有的水仙開了，鐘擺如是歌著：
快枯萎呵，戀呵，戀呵
而當所有的星昇起了，蘚苔默默的哭著：
快淪沒呵，光榮呵，光榮呵

而當所有的燭光熄了，上帝卻在微笑著：
快來呵，叩門的人，這裡是永恆的辰光

像來時一樣
摸著門邊的鎖把
走出去
穿過那冰冷的日子
不再做叩門的人
而是向黃昏走去的流浪者

祈禱之後

啊，所有的盞燈熄了。
暮色昇起。
一個遺忘
必須記取

也必須忘卻。

而淚落了
一滴
又一滴
　在瑩潔之中。
而果實也落了
一只
又一只
　在悲戚之中。
為什麼必須有秩序？

啊，種子。
啊，花朵。
啊，灰燼。

一顆
又一顆
　　繁星
在遠方逐漸亮起……。

仙人掌

眼光移過
在
那喘著氣的
被熱情燒爍了的
荒漠的

胸　脯　上

我逃避
我的丈夫
又舉起多毛的手
向我的腰摟來

昨日

踐踏在
我的金雀園上
更且，踐踏在
我私生子的墳上
妳這
我丈夫的大婦

妳這
愛吵架的
醋瓶
所以我的臉上逐漸增多妳的抓痕……

流浪者

望著遠方的雲的一株絲杉
望著雲的一株絲杉
一株絲杉
絲杉

在地平線上
一株絲杉
在地平線上

他的影子，細小。他的影子，細小
他已忘卻了他的名字。忘卻了他的名字。祇
站著。　　　　祇站著。孤獨
地站著。站著。站著
站著
向東方。
孤單的一株絲杉。

曙光昇起

世界醒來。以兩顆
　晶晶亮亮的　露珠
在窺視。以其多情的眸光
在窺視。
　　而她的羞怯。宛似新婚的
知更鳥。

妮妞在湖面。妮妞在灌木與灌木
叢草與叢草間。　且輕輕的提起霧的白禮服
去尋覓
尋覓那一掇
被淚水浸酸了的昨日的愛情。
而
曙　光昇起
曙　光　昇　起
曙光　昇　起
曙光昇　起

逐見小小小小的蕈。處女們似的
打起美麗的白洋傘
等赴一日的狂歡。

·風的薔薇·

（一九五八——一九六四）

昨夜

昨夜來去的那一個人，昨夜
述說著秋風的淒苦的
那一個人，昨夜
以水波中的
月光向我
微笑的

那人
以落葉
的腳步走過
我心裡的那一個人
昨夜用貓的溫暖給我愉快的
那人

唉，昨夜來去的那一個人，昨夜
的雲，昨夜來去的那一個人。

秋

年年相同的面孔。好像
我們已活過幾千年的愛情。秋天
還是一樣的秋天。那些豆芽黃的
面孔被戰爭的輪追逐的腳

我們像一條鮮活的魚在敗壞
敗壞敗壞敗壞敗壞敗壞敗壞

在世界的水潭裡，遠望的低陰的
天空，像負累喘喘的孕婦的肚皮
年年相同的面孔，我們已經活過了幾千年
唉，那些鐵鞋在輪踐著我們希望的妻子

像一座被遺棄在路邊的屋子
我們空望著門前的路沒入遙遠的前方

山

十指之外的十指。像我的掌
圍砌著命運於明珠在牢牢的一握
十指之外的十指。設使你的沉默
是千愁中的千愁

而我欲丈量你。若使靈魂之外

的靈魂相泣於學生血系的邂遇
哦。我必能從你的面具，窺知
你歷史中的眸光。

而當黃昏，有人的戀愛消隱如彩雲之逝
你遂成為沉默的鐘，含納了天地間的熱情
嚼味於千萬年中，重重疊疊記憶的冷漠

昔日的

於是你開始失蹤。開始
於大黑暗的摸索
開始返回那深邃的甬道
沐浴天窗散入的光輝

你熟悉那些，就如

昨日之吻，仍溫暖的留在唇上
你感覺那樣貼近自己，那樣
明晰於鏡前的影子

於是你突然醒來，回顧
就像我現在移過里爾克的詩上——
望著夕陽鍍紅的山巔
那樣高仰，那樣逼視
那樣地存著無法跨過的距離

叩門的手不再來

叩門的手不再來
叩門的手不再來
曾有人
而我如花之心萎縮，萎縮於你的歌聲
在華燈之外

啊，讓記憶如風
曾有走過麥田沙沙，曾有江濤澎湃
曾有古鐘沉寂

而今眾音成曲，成一片
潺潺低訴之水，我祇是
一朵抓不住憑藉的蓮……

不能戰爭的時代

不能戰爭的時代。我們
寫詩像一針針的綉花
蠟板上跳舞的腳
節節地刮碎昏迷的音樂。春天
母親們不在樓上高望。卻

偷竊兒子們的口袋轉背
到麻將枱上爭執。而英雄的父親們
忙於構築窟穴。

祇有那些懶洋洋的風。
開得令人煩厭的鳳凰
祇有那些懶洋洋的風。

妳似一輪明月走過我心的湖底

妳似一輪明月走過我心的湖底
不知什麼時候
這樣孤寂的黑夜
我尋妳，跪著以雙手觸妳
以千盞螢燈的眼
以綿綿春風的呼喚

而妳衹是無形體的光
在這穹形的天籟之下
沒有聲響而時時在回應
沒有明眸而時時在凝視
似一個夢境
無所不在，時所不在
妳似一輪明月走過我心的湖底……

夜的枯萎

無所憑藉
單個
男人的孤獨
成為一片海
吞沒了我

唉
夜是空洞而虛無
縱我貞心
而夜萎其
花瓣

因夜如花
我如花
貞心如花

縱　使

縱使你攤開欲望什麼的門
而那

與我無關。讓
天空坦然地藍吧
讓風自在地在松林間

為了這一個金光燦爛的世界

而我萎縮自己
成為一條千年的荒徑
成為一株褪色的紫菫
一句蒼斑的偈語……

標本獅

博物館所見

無法復聞枯草的香味。
在淒厲的牛角聲中，篝火
無法血染你的怒視
以吼聲壓低了勁草沉沉地滾至天邊
已然成為歷史

在這裡
把腿彈成張緊的弓
釘視著斜陽步過欄干的投影
像膠紙上的蒼蠅

「You are the hollow men!
You are the stuffed men!」

鏡

如此驟然
如此深刻夜半突然
醒來　　持燈在你的面前
猶之

在眾多的女人之前
斷落了褲帶

孤岩

曖昧的時刻
在此跪著
無所謂而僵凍的
軀體
赤裸而呆愿的
岩石

無邊無際
。在雙人床的一男人。
深陷
。捲逃的妻女。
無溫情

把頭埋入
聽海悲泣
因而星遙遠……

窗

在此張開著
眼
不為什麼而張開著
眼

歷史，祇是

漏斗中的時間
乏味而透明
就是，暴雨中
巨大的山影也是
黑壓壓的一團
冷漠而無意義

為什麼
我必需如此站立著
在此張開著
眼

由空洞的肢體
不為什麼而張開著
眼
無反應
沒有手勢的祈禱

散去的落葉

受刑的人
垂吊在黑溦溦的枝架
面上的光輝逐漸
散去，像
爐上烘乾中的抹布
沒有企望

苦役已成為我們的習慣
在這橡皮筋的時代
多麼希望一擊
從我們的根部，使我們
散開如風中的噴泉
散去
散去
散去
去流浪
去死
去成灰燼……

Arm Chair

雙手慣性的張開
在空大而幽深的屋子裡，因斜光
而顯得注目，面對著前端
黑暗之中似有某物
躍來

這蹲立的姿態，堅定，像
捕手待球於暮靄蒼蒼的球場
彷彿一個意志，赤裸地
等待轟馳而來的星球衝擊

生命因孤寂而沉默，在大地上
悄無聲息的一軀體——
把它的堅強用本身的形象
化為一句閃光的言語，
靜靜的立在那裡。

不知覺的死亡

有時，不經意的睡去似一塊化石
在微弱的星光下，在
深不可測的黑夜中，死亡
祇是散去的熱度，幾乎不可知覺
為目所不能視

沒有牽掛，忘棄了
層層糾葛的背景，
無一絲惋惜：在床上
以肉體壓擠肉體的愛。

死去，緩慢地
沒有知覺
正如脫出子宮的赤裸的生命
在一剎那

而當被鐘聲驚醒，你便需重臨

洶湧不知所停的浪濤之上
噢，意志噢，為何永不堅固如化石
如死亡？

雨夜

當雨傾瀉似流浪的人
走遍黑暗中不知所去的街道
我們躺下，在屋內，在床上
在深深陷入猶如墓穴之中
靜聽它們低低的呼喊

在這裡，我們眼光對著眼光
軀體糾纏著軀體，在床上
以赤裸和壓力
彼此，深深的祈求進入雙方之中。
而當因疲倦而分開
便突然驚覺
整個太平洋冷漠的跨在我們
中間，充滿無奈與陌生
唉，走遍黑暗中不知所去的街道
當雨傾瀉似流浪的人

冬

我們漸漸的冷卻
成為砧上熬鍊的鐵塊
沒有形式的欲求
祇是固守著本質

我們漸漸的脫棄外衣

裸立在寒風中，眺望
如一枯樹
堅忍且緊閉著嘴
無一聲禱告

風的薔薇

☆

靜默
躺在午夜的街道
如剛磨利的鑽口
淒厲的喇叭突然割裂過

遂見血，慘紅：
無望地流下

1

站著，我是風裡的生命
站著
無可奈何地站著
被命定地
成為一株薔薇
無可奈何地要站在：
這裡

沒有傾述
當我的話語
被風吹去
不能倚靠
當我的外衣
祇是那無聊的時間

沒有眼睛
注視你的創造
有洶湧的浪濤擊打在遠處
沒有耳朵

2

當夜空所有的眼
對我注視
沒有愛
空空洞洞的
意志
我將自己打開——
如拉開幃幕
祇是陰暗的
房間

一件沒有軀體的
襯衫

3

沒有感謝，對著
你和陽光
給我水和
知識與歷史

我祇是
父母歡樂後的

副產品

沒有個性
祇要站在這裡
祇要繼續做
為一株薔薇
和站在這裡
不能跨出一步

4

還有薔薇
還有薔薇
還有薔薇
祇是薔薇
祇是薔薇
祇是薔薇
都是薔薇
都是薔薇
都是薔薇

一切是薔薇
一切是薔薇
一切是薔薇
一切是薔薇
可憐的我也是薔薇

存在非哲學
——墨晶的水面
風的腳步走過

縱有
千百的倒影在
窺視
你的名字
祇是水面的波紋
存在
祇是存在

6

在裡面
城鎮死去
所有的門
零亂的開著，無法
發現一個面孔
沒有
語言的流動

所有的枝椏

成為無意義的手勢
月，祇是剪貼的銀紙
不能回應

我祇是
空洞的薔薇

7

因了過大的空間
根成為顫抖，自由
創造了

我們的孤獨

在來去的波濤，意志
衹是渣子
即使前去，亦非前程
選擇與環境
成為矛盾

方向衹是或然率
時間衹給我們一條路
瞻望，前去

我們不知結論
神祇死在自由中
神祇死在空間中
我們無可奈何的選擇
表現一點點意志。

8

馬麗亞
像腳氣病一樣的
招喚，把你的

感喟都溢出來了
潔白又溫柔
天鵝對我也只是
白牆般漠然的
面孔

在礫砂的土地上
我的存在已夠諷刺
不要唱著你的歌
你的兒歌

妻的肚皮

傾聽。在夜的暗室之中
蘇醒的種子伸欠
以咚咚的敲門聲。

早晨的露台

陽光以醒來的眼睛
暖暖地軟軟地投射在猶睡著的建築物
這些孩子們
海綿質的面孔
飽吸了母親的愛意
顯得充分的聖潔，滿足的安靜

而不久

在陰影中有糢糊的行動
逐漸急走的腳音衝擊著門成為惡念
成為淒厲的魂靈
而暴動起來

樹

我們站著站著站著如一支入土的
樁釘，固執而不動搖
噢，老天，這是我們的土地，我們的墓穴
即使把我們踢成一個旋錘
無止境的驅迫
這是我們的土地，我們的墓穴

把我們處刑為一支火把
燒爛每一個呼喊的毛細孔
仍以頑抗的爪，緊緊的攫住
這立身之點
這是我們的土地，我們的墓穴

暴裂肚臟的樹

1

鋸齒鋸齒鋸齒鋸齒鋸齒鋸齒鋸齒鋸齒鋸齒鋸齒
在黝暗的口腔中森然示威的惡狼之牙
鋸齒鋸齒鋸齒鋸齒鋸齒鋸齒鋸齒鋸齒鋸齒鋸齒
這是我們的刑場，面對著前方

一排銃鎗深沉冷漠的眼，虎虎眈視
我們以一座山的靜漠躺在刑臺上
這是最後的戰爭

2

一樣有地平線在腳下等待築墓，我們躺著
從這裡望去，無遮攔的天空以一片海浪從邊緣
站起來見證。這是最後的戰爭
空間已成為冰庫，它的凝固
從四方向軀體逐漸侵來

而時間成為一把尖利的錐子
一秒一秒的在心房鑿洞

這是最後的戰爭
在這刑臺上

3

鋸齒鋸齒鋸齒鋸齒鋸齒鋸齒鋸齒鋸齒鋸齒
我們以一座山的靜漠躺在他的面前
沒有哀求沒有退縮
以不拔的理由走向這最後的戰爭，在最後

由一串暴雷的狂吼怨恨這被撕裂的粉屑

4

而天空睜著盲目
無雲霧，無影像，無事件

欄

路從眼中，一直走入地平線
萬年的孤寂透明地盤踞在路間
你在那一邊，唉
突然關閉的櫥窗隔阻了蒼蠅的撫觸
在玻璃上焦急的繞走

於是我背過身來
卻聽到你以落葉滾動在路上的清響……

曇花

峭壁突然站起來將我們的喊聲踢回
擊碎盛開的心房而萎跪下來成為
飄搖的花枝

夜

黑蝙蝠在盤旋在盤旋在盤旋

輪繞著我們的立足之點
而太陽已先我們在催眠中閉下倦睏的眼

牢

我們以炮彈的沉默怒視著前面的戰雲
厚重的天空壓著地平線成為緊閉的嘴
孤獨地站著不讓倒去
而黑暗之後不能窺見世界的面目

爆

二十四時

爆亮的火柴燒破了夜的黑幕
我們以照明彈在空間燃燒著自己的生命
吐放著白焰祇為自由的喜悅！

葬

「以一百萬年的生命在一分鐘死去
死去使滿天的繁星不停地在夜空發亮！」

曇花。夜晚十二時盛開，過十二時則迅速萎去。因以寄意。

・天空象徵・

（一九六四——一九六八）

路有千條樹有千根

……紀念死去的父母……

路有千條條條在呼喚著我
樹有千根根根在呼喚著我

但來時的路
已在風沙中埋葬

源生的根
已腐爛
在這擾擾的世界之內
祇剩我一個

一個。

然則

然則春天在檻外不知恥地走著。
為了那些豬，一年一度
厚顏地從石隙間伸出粉妝的臉
有鳥的跳躍在波動的眼裡

我們是一枚釘死的鐵釘

入木的部份早已腐銹。

腐銹在基督乾黑的血中
然則春天在檻外不知恥地走著
為了那些狗，一年一度
從窩邊開始展露她的丰姿
我們是一枚釘死的鐵釘

入木的部份早已腐銹
腐銹在檻內而望著藍天的眼光卻猶為新亮的釘頭

牽牛花

負氣地開向不同方位的牽牛花
而夕暮一剎眼中溜了進來
慣常地走至病床，掩在妻的唇上：
「死掉算了
讓我把繩結放開

使你飛入天空」

負氣地開向不同方位的牽牛花，在窗外
卻共有一條莖幹

「死掉算了
還你自由
我也不會心疼」
而暗中對視的眼
突然觸覺一條繫緊的根連

以白晝死去

檻外的街道中彈而掙扎地倒下，夜
便走來蓋上了屍衣。露
將濕潤我們不閉的眼睛。為了
淒厲而猶似青草的靈魂
在中途
便孤獨無依白白的死去

風將因我們四處流竄
軀體已如炸碎的廢墟
我們沒有隱蔽之地。明天
罌粟花將美麗的遮蓋我們
我們便與那些遊魂
結伴地到處乞食

眼眶將被黑暗浸蝕為兩口深井
千百年地祇盛著冷雨。而在
暗無遠處的路上，我們將眼睛
交給星星照著流浪的身影

轉入夜的城市

似有一頭飢餓的狂獅在你的心中。來回走動
囚於檻牢早已難耐，在血腥的夕暮之前
因聞肉香而開始團團轉地暴躁
偶然張開血口急性地探視
當世界轉入暗夜片刻寂靜

那些毒蟒急速地游奔
——夜色從四處的街衖前來
在你的面前集合，昂首，叱叱挑戰
以他們龐大的隊伍擺開陣勢

而頓然爆發了格鬪。你威武的
投入似一柄森冷的刀劍
向四處伸吐著憤怒
一面殘殺一面吞食
將他們逐一撕碎似一面破裂的軍旗

然後你自負而滿足地伏下
舐著滿身的創痕……

雁

我們仍然活著。仍然要飛行
在無邊際的天空
地平線長久在遠處退縮地引逗著我們
活著。不斷地追逐
感覺它已接近而抬眼還是那麼遠離

天空還是我們祖先飛過的天空
廣大虛無如一句不變的叮嚀
我們還是如祖先的翅膀。鼓在風上
繼續著一個意志陷入一個不完的魘夢

在黑色的大地與
奧藍而沒有底部的天空之間
前途祇是一條地平線
逗引著我們
我們將緩緩地在追逐中死去，死去如
夕陽不知覺的冷去。仍然要飛行

繼續懸空在無際涯的中間孤獨如風中的一葉
而冷冷的雲翳
冷冷地注視著我們。

貓

1

突有錦蛾被火烤燒的暴厲在心中迸開。一跳
而伏下來怒瞪著黑夜
檻外的世界癱瘓如墳墓一無所覺
而確實有敵人在移動

雙眼搜索著以槍眼的機警專注
搜索著宇宙確如赤裸地躺在面前
一孔一毛，端視不遺

突然風驚起，衝響門窗急速地逃逸。
尖利地以搏刺的一叫
抓向隱隱在地上滾動的時間的珠粒
繼而咪咪地舒暢的笑起來……

2

醒來便如海底的巖穴開向萬濤的黑潮

感覺世界如此之遠，無法懷抱
如一朵黃菊可瓣瓣撕裂的新娘

沿著月中層層的檻影望出這層層密遮
舞者之姿的黑珊瑚。

而發覺靜默中的我是被瘋狂的海浪所包圍的
地殼中一顆火熱堅定的心

而世界你在那裡？
我時計的雙眼無法洞視

3

迎接著黑暗猶如喜悅著寢房
蜷伏在內裡有果核在肉汁中的舒泰
啊黑夜，你是世界最深沉的本質
你是精神之源的肉體你是心臟。而我是
你內裡的細胞。蹲伏在中心之處
觀測著利刃在遮飾之下泛著毒藍。

4

闇穴的天空無依的星是我孤獨的照耀

在這暗房的世界我的內部亦有暗房
沒有腳步叩響其間
啊世界！我們誰是真實？

瞪著雙眼在照亮你的邊際
而誰可在內部照亮著我？
在你的內部我啼叫著
而誰可在內部呼喚著我？

闇穴的天空無依的星是我孤獨的照耀
啊世界，我們誰是真實？

5

腦中緩緩的昇起了一座落雪的山峰
刺入低垂的天空伸向幽茫。
而衹是傍依著爐火焚化日子的葉屍
明天，明天還擠在黑夜的背後
暴怒地喧嚷著

且讓我們睡下來兩個乳房般地
不安靜地等待著摸撫

6

靜默以一棵樹的形象
立在世界的核心以千萬醒覺的枝葉伸開
在宇宙的肺內構成管脈
收集生命在暗夜中鼓動的一呼一吸

世界呵，通過這至誠的靜默
我輕易地觸知了你與你
同舟於時間的波浪之上

母親

夕陽已斜斜。
一個年輕的少婦站在那邊
抱著一束玫瑰
露出胸前的奶子
「乖兒，乖兒
不要哭不要枯」

媽媽有的是奶汁

沒有嘴巴的玫瑰
一個年青的少婦站在那邊
「乖兒，乖兒」
潔白的奶子斑斑紅
沒有嘴巴卻有毒刺。
抱著一束玫瑰
看著它在枯在死
「乖兒，乖兒」
空流著鮮血奶汁

媽媽被遺棄。
夕陽已斜斜。

養鳥問題

白文一百
黑文三十
阿火跟老妻在盤算
空間太小
糧食很貴
需要淘汰

需要淘汰

哦，老天
阿火得做上帝
白文一百
黑文三十
價值誰曉得不變？
反正是一窩生
都有活的權利

可是
空間太小
糧食很貴
阿火跟老妻在盤算

他得做上帝
祇有殺死精蟲
在子宮口
不要讓他生
不要讓他活
於是阿火把蛋摔破
卻看到：
未出世的自己
流血！
粉碎!!
死掉!!!

世界的一滴

你叫我阿蘭
我叫你阿火
管他叫什麼
外面下著大雨
我們是雨中的兩滴
暫時成為：一

聽著遠方的砲響
隆隆搖著
天空
你的心咚咚
敲著我

戰爭在前方
墳墓在前頭
管他外面是大雨
我們是雨中的兩滴
暫時成為：一

誰曉得你叫阿蘭
誰曉得你叫阿火
祇是可憐的一滴
滴入湖面
不咚
也不響

這僅是世界的一點
一點中的世界

春

漂白了的
春
消瘦了的
春
被強姦了的
春

子宮破裂了的
春
血流不止的
春

遠地有砲聲。

死去了爺爺
「春天還會來」
死去了奶奶
「春天還會來」

死去了爸爸
「春天還會來」
死去了媽咪
「春天還會來」
春天還會來
春天還會來
可是
輪到我要說：
Bye Bye

遠地還是有砲聲。

形象

這是一條無人的路
阿火走著，無人
出現
既非為了走這條路
路，也不是因他而存在
一條蛆蟲的阿火走著

誰來證明？
「我是一個人」
誰來證明？
一條蛆蟲的阿火
走在一條無人的路
無人來證明

於是他照著太陽
影子投在山後
不見影子
沒有人

誰來證明？
「世界空無只有我
我卻空無」
於是他的影子從山後走來
這是一條無人的路
一條蛆蟲的阿火走著
他的影子走著
終於相遇

「啊，妻啊，妻啊
你是一條蛆」

向日葵

阿火要去播種
在覆雪的山坡
要看三角褲裡面一樣地
大家跟著他的謎。

他對著太陽要昇起的

東邊挖著穴
「你要種什麼東西？」
現在是不生長的嚴冬

「我有一粒向日葵
在這個世界幾十年
都沒發芽。
雖然試過幾十個春天」

「哈，阿火要在石頭中
收穫稻糧」

耐心地過了一個夜
大家來看他的謎：

他把自己種在穴裡
祇剩下頭部看著太陽
像一株向日葵

天空

天空必有母親般溫柔的胸脯。
那樣廣延，可以感到鮮血的溫暖，隨時保持著
慰撫的姿態。

而阿火躺在撕碎的花朵般的戰壕
為槍所擊傷。雙眼垂死的望著天空

充滿成為生命的懊恨
不自願的被出生
不自願的被死亡
然後他艱難地舉槍朝著天空
將天空射殺。

天空

阿火讀著天空
一株稻草般的
在他的土地

「放田水啊」
天空寫著

砲花
戰鬥機

一株稻草的阿火
在風裡搖頭：
「天空不是老爹
天空已不是老爹」

祇要晨光醒來

祇要你輕輕地將我們觸及，晨光
祇要輕輕地將我們的夢戳破
我們便要醒來，帶上面具
在世界的跟前，做一個無所謂的人
我們有死的愴痛

當鷹鷲滑過天空
影子投在青青的草上

我們要做一個無所謂的人
哈哈大笑帶上面具
在肚子裡流眼淚

祇要你從黑暗中醒來
我們便已死去
帶上面具
做一個無所謂的人

盛夏

1

生命開得多麼辛苦，一朵花
在血衣中向世界露臉
想交代些什麼？

我衹看到一隻雛鳥
被火燒的太陽驚起
在空無的生涯中鼓擊著脆弱的翅膀
沒有歇止

而小市民的野草
你一直一直在茂盛茂盛些什麼？

2

隔鄰有和尚把身體點成一隻蠟燭
在公眾的大街上派發光亮

這是盛夏，我祇看到一隻雛鳥
在太陽的火焰中掙扎
顫動的羽影
飛入了我的瞳孔

3

在焚屍爐的嘴口
生命沒有選擇死的自由
灰燼中不會有鳳凰
祇記著生命開得多麼辛苦，一朵花

在血衣中向世界露臉
對著焚屍爐的嘴口

蛾

一條蠶，飢餓了
在我的內部
吃著我的心
他老是不滿足
吃完我的心

又在吐他的絲

吐完了絲
在我幽暗的內部
去做一個夢

夢見一片透明的天空
一對飛翔的翅膀
他要去擁抱

他咬破了我的外部

不聽我的勸告
闖入了這個世界

他說：這個世界很溫暖
這個世界很光明
不像我幽冷的內部

有一夜，他又在蠟燭上
試著世界的溫暖
卻被燒成灰燼
永不回來

金絲雀

把整個世界關在檻外
那是不可信賴的陌生人
充滿窺探的眼
竊聽的耳

遺忘自己的存在吧

立在空隙地帶的一隅
將生命消磨吧
沒有遺憾地消磨吧
（當天空洩下晨光
擊痛了翅膀）

不被信賴的生命
把歌唱給沒有人聽吧
把血一滴一滴地
從胸中釋放

唉，我唯一的金絲雀
每日每日地啄掉翅膀的羽毛
每日每日用歌聲吐著血

無題

岩石聽著世界某處的死
遙遠的你
是否還活著？

一匹狼對著天空嚎叫
熱血滴在雪地上

比槍比刀鋒還愴痛

遙遠的你
是否也會用死的聲音
對這個世界抗議？

而岩石聽著此地的我
我無聲的死
像太陽的殞滅

鳥兒

鳥兒老在尋找著天空
在那兒，我們一定遺失了什麼
被土地所禁錮的樹林
狂厲地舉手哭嚎

太空無限晴朗
地球有一半幽暗

當黑夜走了，世界洒滿了失貞的眼淚
在青草地上
有人自焚為一支火把
將烟升向天空
成為尋找的鳥兒

地球永遠有一半幽暗

謝謝

那些手要採摘什麼
那些無知的花兒怒放著
在母親的胸脯上
看著天空

一隻小鳥在生活的時候

沒有預告地被射殺
生命的碎片和鮮血
洒向草地發出嘲笑的聲音

那些手要採摘些什麼
那些無知的花兒怒放著
那些無知的花兒怒放著

看著天空有什麼用
天空也要暗了
在鐘聲中

那些模糊的亡靈叫著：
「再見了世界
謝謝你
太謝謝你了」

催喚著催喚著

春天公平地在外邊催喚著
一朵在岩石中的花
仍無法被釋放

我不知道為什麼這樣
祇知道已被這樣

春天公平地在外邊催喚
他們早已奔赴前去
在天空下競相歡暢

祇有一朵在岩石中的花
仍無法被釋放
不要問我
為什麼要選這樣
祇知道
已被選這樣
春天公平地在外邊催喚著

樹

比你的眼更遠的是鳥的飛翔
終必消失在空中才甘心
這世界祇剩下你在守候

在生命的敗退裡
猶舉著枯槁的手

溺在風中
抓緊沒有東西的空間

這世界只剩下你在守候
比死更為爛透的是那些葉子
終必追著風吹向虛渺

胚芽

狗突然惡嚎著
在世界的內部，一個空房的中央
為牠的存在而哀吠

於是你突然從沉思中
像胚芽露土而醒來

看著整個世界
滿臉于腮
從地獄中闖出
一個暴厲的鬼魂
冷酷地凝視
對著你脆弱的胚芽

誰讓我們

風信雞觸著遠方的風暴
在敏感的心中
已無一句事先的哀告
依靠的天空變了面孔
我們再次地被遺棄

誰讓我們是一隻鳥
誰讓我們是一朵花

翅膀袛為了襯托你的晴朗
顏色袛為了顯示了你的燦爛
當風信雞觸著遠方的風暴
我們知道
又一次地被遺棄

孤獨地受難
孤獨地死

叫喊

太平間漏出一聲叫喊
太平間空無一人
死去千百萬次的房間
卻仍有一聲叫喊

陽光在窗口察看

太平間的面孔分外清楚
在死絕的世界裡
留有一聲活生生的叫喊
一滴血漬仍在掙扎
在蒼蠅緊吸不放的嘴下

三民叢刊　中國古典文學論述

3 中國文學講話

王更生　著

●行政院新聞局中小學生課外優良讀物推介

文學欣賞是現代忙碌生活中的一帖清涼劑，而中國文學典籍浩如煙海，一般人實難盡觀。本書將中國文學以紀事本末體為寫作方式，使讀者能一氣呵成，綜觀中國文學發展的全貌。

133 山水與古典

林文月　著

如果你想看林文月教授兼具學術之筆與散文之筆的展現，那你絕不能錯過本書！書中無論是寫六朝詩歌，或論述古今文人，或比較中日文學，皆可感受到作者「寫作態度雖然是認真嚴肅的，筆調卻都輕鬆無比」的說法。閱讀本書，可以讀出一名學者對於自己的研究與生活，以及人情的溫暖體會。

171 好詩共欣賞

葉嘉瑩　著

本書結合了傳統詩論和西方理論，對形象與情意的關係，做了相當的比較和說明，並舉實例，從形象、結構上剖析陶淵明、杜甫、李商隱三位身世、風格各異的詩人，說明其作品具有強大感發力的原因所在。理論與例證相輔相成，值得欣賞。

188 詩與情

黃永武　著

「也想不相思，可免相思苦；幾次細思量，情願相思苦。」歷來紅塵男女甘心受相思之苦的煎熬，正因『情之所鍾，正在我輩』，正所謂慧深則感深，感深則欲深。作者透過讀書筆札之餘興，默察浮生之餘情，擷拾歷來感人情詩，首首如新摘茶筍，簇新可喜。

三民叢刊　現代詩論述

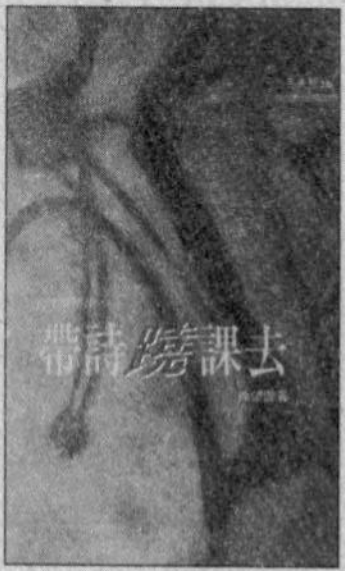

38　帶詩蹺課去　徐望雲 著

●行政院新聞局中小學生課外優良讀物推介

我們或多或少都讀過現代詩，但對現代詩的了解卻很少，且現代詩不管就文體或被接受的程度，都有許多問題尚待解決。本書以輕鬆的筆調、嚴肅的心情，為讀者揭開謎底，引導您更接近、更了解現代詩。

104　新詩補給站　渡 也著

本書區分為四個部分。首先為新詩寫作教學，作者提供了淺易有趣、實際有效的方法，教導讀者學習寫詩。其次是關注新詩於廣告上的運用。再者是新詩鑑賞與批評。最後則是作者新詩評論集、新詩集之自序，述及作者寫詩動機、詩路歷程及詩觀。全書平易近人，深入淺出，可讀性極高。

184　新詩論　許世旭 著

一般認為新詩是由歐美「橫的移植」而來，但作者深入中國詩歌多年，從主題、素材、風格、語言，發現許多與傳統暗合及更新再鑄之處，溝連了新詩與傳統詩歌的繼承關係，並於新詩數十年來在臺灣成長的各個階段與風貌，以及兩岸新詩發展的比較上，都有詳實、客觀的評述。

214　拒絕與再造　沈 奇著

作者在人云亦云的詩歌思潮與觀念外，不斷尋找新的詩學命題，堅持從兩岸具體的詩歌現實出發，作不失歷史情懷的個性言說——由此立場出發，貫通兩岸，挖深織廣，於詩學、詩潮、詩作等，皆見解獨到，深中肯綮。

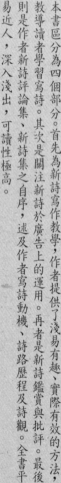

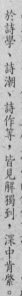

240 詩來詩往

向明著

本書上溯古典中國，下探現代臺灣，為讀者揭示了詩和人之間的互動狀態。作者身為詩人，他秉著詩人的感性著筆，以輕鬆詼諧態度為文，軼事掌故精采而韻味無窮，在古典與現代、東方與西方、批評及作品間交顯，引領讀者暢遊古今詩文溫厚勃鬱、神氣騰揚的美麗世界。

260 臺灣現代詩筆記

張默著

●中央副刊每日一書、國語日報星期天書房書評推薦

詩者，思也。詩之筆記，討論的是與詩有關的思想，記述的是與詩伴生的思緒。作者為當代臺灣詩壇巨擘，本書詳實的史料與中肯的析論，為其參閱當代多種文學資料，歷時經年編成，是研究臺灣現代詩者不可或缺的參考。

296 我為詩狂

向明著

詮釋詩意不一定要用艱深難懂的學術語言，向明擅長於平淡處，以心靈的感受，直接而細膩的評析詩作，令人印象深刻，回味無窮。他談詩，積累數十年鑽研現代詩的深厚經驗，發而為文，能見人所未見，點出詩作的弦外之音。

國家圖書館出版品預行編目資料

白萩詩選／白萩著.－－二版二刷.－－臺北市：三民，
2011
面；　公分.－－(三民叢刊:185)

ISBN 978-957-14-4184-9　(平裝)

851.486　　93023855

© 白萩詩選

著作人	白　萩
發行人	劉振強
著作財產權人	三民書局股份有限公司
發行所	三民書局股份有限公司
	地址　臺北市復興北路386號
	電話　(02)25006600
	郵撥帳號　0009998-5
門市部	(復北店) 臺北市復興北路386號
	(重南店) 臺北市重慶南路一段61號
出版日期	初版一刷　1971年7月
	二版一刷　2005年2月
	二版二刷　2011年1月
編號	S 840020

行政院新聞局登記證局版臺業字第〇二〇〇號

ISBN　978-957-14-4184-9　(平裝)

http://www.sanmin.com.tw　三民網路書店